RIN HASEGAWA

長谷川麟

延長戦

gendaitankasha

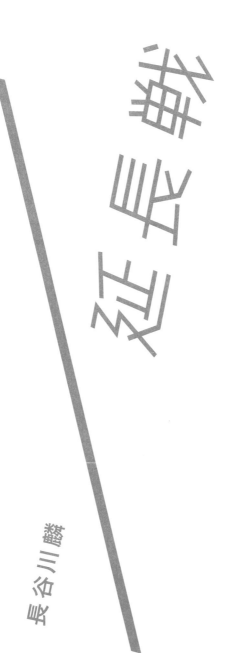

延長戦　目次

I

オーバーフェンス

好きだった？　と聞き返される　自転車を押して登ってゆく跨線橋

記憶ってときどきすごく曖昧で青いラインの夏の制服
貸したまま返ってこないシャーペンが大人になって増えた気がする

いろはすの首をピースではさめって指令で動きはじめる身体

楽しいと今はそんなに思わない　でも、それなりに楽しんでいる

オレンジをほおばる君はゆったりと風をまとって体育休む

嫌いだった奴ほど騒ぐ二次会に流れる君の好きだった曲

思いっ切り投げたボールがワンバンで君に届いた夕暮れだった

布団から手を伸ばしても届かない部屋の明かりがずっとまぶしい

それぞれが親の都合であの街にいただけだった少年少女

君が手を振るからあんまり遠くないように感じるこの席と席

西館のさびれた螺旋階段をみんなあかるいリズムでくだる

アルティメット大好き級の恋だからグラップラー刃牙全巻売った

行きしなは特にには思わなかったけど遠くにあってよかったね　うみ

視聴覚室のカーテンにくるまって思えばずっと秋だったこと

お笑いの新しさとか古さとか、歩くのにふたりちょうどいい距離

この長いシャッター街を一度だけ君の恋人みたいに行くよ

カチカチと自転車のギアを上げてゆく低いところに月が出ている

踊り場に風が生まれる　しまうまのかばんの人とよくすれ違う

ゆきのねむたさ

猫ひろう、ようにあたたかい朝だった　慣れた手つきで巻くたまごやき

カーペットの毛並みを揃える　好きだった人の名前は書きやすいこと

二重飛びけろっと飛んでみせる子のラメのキラキラしているシューズ

もうなくて不思議な気持ち　学南にあったおしゃれなカレー屋さんも

一回も万引き犯を見なかったことをさみしくバイトをやめる

産休に入ると後から聞かされて司書さんにもう会うことがない

出て行くと言う妹がどたばたと出て行く準備をしている二階

助手席にゆきのねむたさ　こんなにもとおくの町で白菜を買う

空中菜園

まだ寒い夜の空気にブラウスを冷やして君が近づいてくる

ハンドルが右へ右へと行きたがる君の自転車　TSUTAYAがとおい

湯むきするような速度でバス停をバスがはなれてゆく川のまち

よわい鳥だったら川鵜がすき　羽をひろげてるとき神様みたい

ひのながくなりゆく空に飛行機が雲よりずっと手前に見える

柊の並ぶ小道に父親の犬のようだと言われた記憶

一日の心をそこに押し込めるように静かに閉じるパソコン

コーヒーの生豆を選っているうちに左目にすこし外斜視が出る

近くまできたから寄っただけだった祖父母の家でみかんをもらう

父さんと似てるところがあるからと祖母に今年も手を握られる

くるぶしにひかる潮騒　飽和した魚の群れをすくってみたい

一歩ずつ深まる夜の公園にあれは小石をたどる兄妹

かなしんでいると不思議と寄ってくるペットのように咲く雪柳

何年も続かないって安心とバスタブがちょうどふたりの大きさ

つっかけの足音が町にこだまして月で生まれたような感覚

もう一度、父さんの遺書を読みたいと告げてそれから数日が経つ
浴室に朝の粒子は飛びかって生活ばかり新しくなる

オルゴールを巻きなおすとき　やさしさも力強さも僕に足りない

インスタにあげる写真がほんとうになくてお寺を何枚か撮る

都合よくありのままではいられない雨の予報は続く週末

ネクターのとろけるあまさ　肩に青い蛍光灯の光が射して

イコールになるにはずっと死がとおい　夜の浅瀬に手をつなぐとき

フェスはいいい、明晰夢をまだ見たことがない、ここはもう汽水域

おおきな犬を抱えるように

川沿いを行くとき、僕にもある時間　この先に君の言うパフェの店

淡雪は君を好んで降るけれど林道を行けば遠くないから

並列の回路のように手をつなぐ少年少女をゆらしてバスは

鞄からフィルムカメラを出す間、逃し続けるシャッターチャンス

この冬に見るべき映画の棚にある蜘蛛とかサメとか戦う映画

言葉じりに春のはなびらふっと舞う君とそのうち別れてしまう

舟乗りにも羊飼いにもなれるから今はまっすぐ自転車を漕ぐ

II

泣かなくていい

僕たちは明るいなかでも暗いほう撤去されない遊具みたいに

何にでもマヨネーズを足す勢いで彼の話に帰着するひと

みちょぱってくちにするたび好きになる気がする　みちょぱ　お蕎麦をゆでる

バスタブに頭の先まで浸かったらぐるりと反転してしまいそう

あたらしい遊具をひとつ考える課題みたいな毎日がいい

生活はレゲエのビートに揺れながら君と昼から飲む缶ビール

ユニクロで一度に下着を買ったから一度に寿命が訪れている

雨降りの商店街をゆっくりと陸生オウムのようなおばさん

七輪でそらまめを焼く　ふとももが男前って感じにひかる

この街に一日遅れてやってくる漫画のように遠いかみなり

浴室で煙草を吸えば浴室は自分の息でいっぱいになる

危機感をもう少し持ってほしいの、とポンの頭を撫でている母

簡単にやめてしまうと思ってたことが意外と続いたりする

本当に詳しい人が現れて空気まるごと持っていかれる

まぁそれはそういうことではないけれどよそってもらったサラダを食べる

空振ったけれどもこれは悪くないスイング　春は一気に迫る

電子レンジのなかは小さなショー劇場みたいで南瓜のにぶい回転

南向きに窓は開けて春の日のジグソーパズルは端から攻める

やっとけばよかったなぁ、とよく笑う先輩とだらしなく生きている

ミスドの箱持たせてもらってテンションのおかしくなっている男の子

泣き終えたこどものように焦点は定まってレイトショーがはじまる

不思議ときれい

ポケットのなかで洗濯されているような気持ちで新宿にいる

新刊の出ない漫画を待つようにときどき君を思ってしまう

浴室の椅子に座ってだらしない身体のまずは腕から洗う

虎を飼うひとの気持ちもなんとなくわかる気がするこのワンルーム

採ってきたアサリが砂を吹いている（生きている）からそれを見ている

表現の浅瀬にひとり腰掛けてかき氷なんて食べたい気持ち

しあわせな悩みで自殺をする人もいる花筏　川にあふれて

少年の股をすり抜けどこまでも春へ転がる軟式ボール

思ってたよりも小さな会場でこれから友達と見るライヴ

長距離をやってたから、と自慢気なトーンになっているのが分かる

妹の歌うサザンの一節に「誰かのキッス」という誤謬あり

かっこよくないなぁ、俺は　バッティングセンターの的がちかちか光る

新婦さんの投げたブーケが思うよりずっと高くて見上げてる空

ひとたらしみたいなところが昔から抜けないまんま夕闇の坂

だらだらと長く話した日の暮れに互いの真面目さを讃えあう

またすぐに会えると分かっている人の自転車を春に見送っている

そういうところ

三毛猫が両手を伸ばすデザインがちょっとかわいい胸のポケット

永遠はおとずれないよ　夕暮れのかすかに香る透かしほおずき

コンビニに盛り塩がある　この世にはコンビニを好む霊だっている

教室をふたりで使っているように集中できるここのドトール

川をひとつ越えてしまえばその通りだったと妙に納得もする

恋人が私を好きでいてくれる不思議にずっと宙に舞う猫

自転車が捨てられている　捨てるにも勇気がいるなと思ったりする

アイスクリーム食べながらなんで君なのか考えて食べるアイスクリーム

ミックスリスト

美少女にずっとならない妹をたまに駅まで送ったりする

カルキ抜けるように鬱から躁になる、吉岡里帆がずっとかわいい

噴水を見に行くことを諦めた午後の余白にこのホットラテ

まぁいつか忘れるだろう　冬空は澄んでいてちょっと切り傷みたい

本当に恋をしたことありますか、と問われる私もどうかと思う

地上には縮んでしまった花びらが一喜一憂、散らばっている

春の匂いを含んだ向かい風ゆるく女の人に生まれたかった

りん君はクソだったね。と元カノが言うので僕も笑うしかない

三次会らしい　いつも全部おんなじ　お盆のウォーターボーイズみたいに

リバランス

炒飯が食べたい、と思う天井がなんだか高い　携帯がない

バス釣りに訳も分からずついていく　日は照っていてタバコの匂い

そばがらの枕をむねに抱きしめて恋人はずっとあっけないもの

花霞　まぁまぁ大きな蜂の巣と僕に弟のいない淋しさ

ゆったりと腕を広げるレスラーのそいつが必殺技だと気づく

悪役《ヒール》には悪役《ヒール》の格好良さがあって僕だって強く叩く手のひら

一歩ずつ確かに月に近づいている坂道ですれ違う猫

生きづらいという謎のマウントを取り合っているように梅雨、紫陽花は咲く

Ⅲ

夏の喉輪

晩年はマックシェイクが好きだった祖父の十三回忌が巡る

しぼませるために浮き輪を抱きしめて夏の喉輪を締める感覚

*

蝶々がこわくていつも泣いていた祖父が私を抱えて帰る

缶コーヒーぴったり買える小銭だけ持って川辺に目的はなく

押しボタン式と書かれた信号で朝を迎える祖父の徘徊

読点に宿る悲しみ　自転車は漕げば漕ぐほど遠くに行ける

ねむるとき小さな蟹を手のうちに飼うように祖父は右手を握る

駅伝の選手になれなくてごめん。じいちゃん、駅伝が好きだったのに。

美容師に首をやさしく摑まれて手折ればすべて枯れてゆく花

土手沿いを人に抜かれてばかりいてレジ袋ひとつもらえば良かった

学南のゆうちょで七千円おろす　たぶん泣けないような気がする

おどかしてしまったなぁ、とまよなかを見上げて祖父が森に呟く

淡水の生態系図を眺めつつエントランスは寡黙な香り
ここからは団地が二棟見えていて消失点のそこが夕闇

いい湯だなぁ。と祖父は呟く祖父に似た後頭部まで浸かる温泉

Épée

ああ僕が敗者だからか、勝ち負けが全てじゃないと言われてしまう

Tシャツに着替え終えたら会場の隅で表彰式が始まる

一手の差、思うさますっと伸びてきて負けた時ほど実感がある

生垣にもたれかかれば気の滅入る一人称は喩のぬいぐるみ

よくやったほうだと肩を叩かれる　国体選手の爽やかな力《りき》

エペ剣の長さに傘を持ち替える　傘は重たいエペ剣よりも

泣くんならやめてしまえと叱られていた頃の私はよく泣いていた

奥行きのある夏の雲　ほんとうの気持ちを問われて分からなくなる

振り向けば父の姿が今もある　勝ちきってこそ延長戦は

叱られて叱られてここまで来た人間のプライドは陶器のような静けさ

青年期、曖昧なままこの肩に今日の日焼けを感じて眠る

こころから仰向けになっているようで執念が今、尽きたと分かる

もう夏も終わると聞いてそれからは人の物ではなくなる祠

天井も高くて広い温泉と明朝、ひとり　浸かって気づく

フェンサーの人差し指は外側にまがり真っ直ぐ人を指せない

乳酸の溜まった足を投げ出してもっともらしい夏の思い出

追うものも追われるものも勝ちたがる　直線、それは濃密な生

夜ともなれば

唐突に誰かを好きになりたいと思うサラダをかき混ぜ終わる

姿見に映る自分を避けながらユニクロで買う薄いジャケット

スリーパーホールドで決まるプロレスに痺れて川辺を歩いて帰る

ただ見ててほしいと言われ、もうずっと見守っているビア缶チキン

前髪を気にしてラップをする者にラップの神は降りないという

暗さにも目が慣れてきて境内をさらに奥へと進んだところ
傘が傘の意味をなさない大雨に今年一番の大声が出る

ブレーキで少し傾く上半身　睡蓮はこの限りではない

祝日は何かに呼ばれているように見通しの悪い道ばかり行く

出棺の後に確かに火の点る火葬炉　父は晩年を知らない
兄ちゃんは泣いてないからあの頃のままなんだよ。と妹は言う

釣りをした思い出だけが何となくあってそこへは辿り着けない

眠るのが趣味だと話していた頃の私は本当によく眠っていた

煮物はね冷ます時間がたいせつと非番の夜に母が呟く

焼き肉のタレを垂らしたおにぎりがぼろぼろになって三つに割れる

端的に言ってしまえば好きじゃないメンツに加えてこの雨ですよ

また変に憂鬱な気持ち　よく冷えた電車に揺られて鉄橋を行く

働いている友達は会うたびに怪談のごとく社会を語る

居酒屋の暗い下駄箱　ツッコミが決まると会話に段落がつく

今すごく集中してると気が付いてしまって途端に解ける集中

負けん気、と書かれた白いＴシャツを着た少年が海を見ている

流されて私も海まで来たけれど海って意外とすることがない

もう一本煙草をもらう　それにしても、みんなどこまで行ったんだろう

リズムと速度

団地から途切れ途切れに鳴るピアノ　小雨にだったら降られてもいい

煮卵になるまでの間、洗濯を取り込んでそこでお昼寝もする

スカスカのランドセル背負って走ってく子供の不思議なリズムと速度

きっと律儀な人が並べていることに好感を持つ秋のトミカ博

敬語ときどきタメ口になる　助手席に花の匂いのする女の子

フレームのない眼鏡ならもう少し、今よりも少し視野が広がる

ドレミファドンぼーっと見てる　I need you　私は・あなたを・必要とする？

何故かこのカップルだけは許せると毎週思っている朝マック

次はパグを飼いたいと言う妹が開けっ放しにしてゆく扉

フェス用の帽子を買いに自転車を漕ぎ出す　ギアが軽くってふらつく

正しい山の楽しみ方

タッパーに詰めたおでんを持って行く池の畔に臨むコテージ

車って遠くに行ける　友達と一緒に行けば安くも行ける

カーキーのシャツがこんなに似合うとは、自分の可能性が恐ろしい

山で吸う煙草はうまい　バゲットを弱い炎でゆったりと焼く

ガレットを細かく細かく切り分けてクラスの女子から褒められた経験

眠れたら眠ると話す恋人はキャンプの椅子に深くもたれて
いろはすのペットボトルのやわらかい感触、お腹をへこませてみる

何年も戦うことをやめている友はパーマを揺らして笑う

会うたびに話題に上る飯塚のずっと病んでるインスタグラム

弱くても平気な人とそうじゃない人とが個々に結ぶ靴紐

チンチラが身を寄せ合って暮らしてる、みたいになれたらいいなと思う

痛いとき素直に痛いという顔ができるからボブ・サップが愛おしい

あめんぼが川の流れに逆らってぎこちないけどまだそこにいる

早々に満たされた組はトランプをはじめる青い小さなテント

ひとたまりもないから僕を先輩と呼んだりはもうしないでほしい

あっ、殴った。と思って事の成り行きを見ている　肉を2枚焼きつつ

勝ち負けのようで勝ち負けではなくてしりとりみたいに続く関係

カービィはなんだって吸う　さくらばな　今よりもずっと長生きをする

布団干すような余裕がふっくらと酵母の力で膨らんでゆく

鶏の塩パン包み焼きあがりチジョウノモツレの話に戻る

Ⅳ

リリースポイント

レゴで作った家に私を住まわせて町は静かな三月でした

僕のゆびは女の人より細いからときどき自分でも怖くなる

駅前の再開発は進まずにそこで何度かサーカスを見る

休日が暇になるたび海に来てしまう私のチャームポイント

ゆびとゆびの間に付け根があることを確かめてゆく春の砂浜

レシートは大丈夫です、と伝えればくしゃくしゃにされるパフェのレシート

ひらべったい苺をひたいに乗せたまま行けるとすれば絶対に過去

甘えてはいけないと強く手を引いてゆく雑踏に初夏の雨

頭突きする恐竜を前にして君は既視感があると真剣な表情

自主性に欠けているから夢だって見ないし、浜に咲く青い花
あの人かわいいと君の眺めている先が夏で、夏にはひまわりが咲く

水に舞う匙

食洗器のなかで小さくスプーンは経年劣化の夢を見ている

屋上のドアがつめたい　生きてたらどれくらい良いことがあるんだろう

雨の日の綿毛みたいにしょんぼりと床に座って音楽を聴く

生前を思い返しているように春の画廊を立ち止りつつ

ライオンの門扉の前で立ち止まる私に宣教師の資質あり

雨かんむりにヨーヨーのヨで雪が降る　つき子のつきは高槻の槻

Calling　昔、母から聞かされた弟がずっと生まれてこない

人はいつ死ぬんだろうね　場内が明るくなるまで手を握ってる

施錠確認に月のひかりの射していて君を本当に好きだと思う

元気だけが取り柄です。って流行りそう　逆にね。分かる。分かる街並み

花冷えの意味は知らんし、私たちするどく光っていたね　あの頃

なんかこう上手く言葉にできなくて心臓をぐっと抉るジェスチャー

馬に角、生やして空想的なもの　方舟は人でいっぱいである

プチ整形。プチプチ整形。私にも取り付く島があればいいけど

蟹を割るようにパキッと切り出してみると何でもなかった話

かなしみが遠のいてゆく取水塔　暦の上ではラッパーになる

躓いたことすらプラスになる　分かる？　スーパームーンにスキップをする

私には月があかるく映るからベランダが好き　好きなんだよな

flag pole

口笛に吹かれて町の片隅に犬をたくさん飼うひとがいる

セックスは確か一回したようなしてないような春雨のなか

沖縄の桜とっくに散っている　開脚前転立ち上がれない

両耳を引っぱることでスイッチが入ればいいなとおもわず思う

ロング缶一本分を駆けてきて愛は冷静になったら終わり

おもしろい仕組みに何度もビー玉を戻すてっぺん　天国は雨

妹と鍋を見ている　じいちゃんはずっと昔に死んでいるけど

さくらもちみたいな頭をしているとそういう友達集まってくる

笹船だ　川の流れははやくって悲しいと言えばなんだってそう

Tシャツのめくれかえっている君の逆立ち　ひかり　うむ　百日紅

あとがきに一言「ただのエロ漫画です。」と書かれている読後感

吹き抜けのなか

三脚に手間取っている撮り鉄をしばし見ていた　窓の向こうに

昔から片付けだけは他人《ひと》よりも早くてそれを悪く言われた

お辞儀にはお辞儀で返す　いつまでも子供のようにパソコンを抱く

オムライス専門店は木の造り　もう少しだけのんびりとする

まだだめ、と母にお尻を摑まれてポンは少々寂しげな顔

牛が啼くように喜ぶ人といて大型モールは吹き抜けのなか

ふんだんに卵をつかう　相談で悩みが解決したことがない

小ボケには乗る人乗らない人といて次は終点、長門本山

明日切る予定の髪を褒められてそれからふたりで行く夏祭り

ひとくせもふたくせもあるという比喩の向こうに案山子が突っ立っている

みんなすごいよ

ツノガエル何を飲み込むときだって目をつむる癖、私と似てる

しらすのパスタ　あんまり美味しいわけじゃなく何なんだろうといっつも思う

現像ができないままになっていた元カノのフィルム　海ではじまる

背の高い二人はきっとカップルで羨ましいな、背が高いって

今、生きているのが少しだけ不思議　噴水まで来て食むカツサンド

愛される自信なくても木蓮を見上げるときは健やかな首

Say Ho!! と呼びかけられて今やっと Ho!! という気持ちが迫り上がる

着いてからゆっくりするのもありやんね　ありあり　行きしにコンビニに寄る

カメラから手を離さない　ふわふわと日の輪のふちを飛ぶカモメたち

観覧車の小高い丘を登り切り、ようやっとその乗り場が見える

V

延長戦

セットしていかれますか、と美容師が鏡越しにもう準備をしてる

本棚の総入れ替えをインスタにあげて満足　ソファーでねむる

原点に立ち返るにはあたらしい靴とそれからカメラが欲しい

コーヒーを趣味と言いたくなるような調子の良い日が続いてしまう

二年以上先の話は分からない、そのまま本屋へと足をのばす

やったもん勝ちでしょ、なんてかっこいい元カノがおごってくれるお寿司

前世からこんな具合に生きてきた　意味なくボーリングの球を拭く

自由帳いっぱいに迷路描いていたけれど祖父にはよく褒められた

三次会組は光のモチーフで、かくいう私もその一員だ

めずらしく酔ってるひとが枝豆をつまんで詩的なことを言ってる

ボランティア感覚で行く学童のバイトのために買うスニーカー

木製の鳥のブローチを手にとっていると夕立　眼鏡をかける

やるときはちゃんとやろうと注意する側にまわっている宵の口

悩むのが好きなんですね。とあっけなく僕のターンが終わってしまう

ポケットに替えのボタンが入ってる　坂の少ない町で育った

はなくそをほじくりきって満面の笑みでかけよってくる　ひろしげ

草原の域に達した公園でトロンボーンを吹くおじいさん

地下鉄の通っていない町だから詩は風にのって飛んでくるもの

聴牌《テンパ》ってからなんですよ、と後輩のよく分からないブランドのシャツ

英会話教室みたいに明るさを強いられている夏の合コン

空っぽになる、なる、なんせ缶ビール　国士の気配が漂ってくる

情報弱者《じょうじゃく》はいいよ。と煙草をうまそうに吸うね、佐伯は　海が似合うね

エンジンを切ると静かになる　とても　岬を離れてゆくカモメたち

いい映画だったね、とだけ言うことに決めてからエンドロールが長い

泣きそうになることすらも減ってきてウツボのような顔をしている

友達に茄子のパスタをふるまってそういえば今日は祖父の命日

みなさんの心のなかに正解があると言われてなんか悔しい

酔っててもきちんと歩く　そうすればいつか誰かの風景になる

ふつう手をつないだりする　栗色に月あかり降る夜の坂道

ぐだぐだとしているうちに満月はファミマの辺まで落ちてきている

かなしいなってときどき思う　操車場跡地に今年もサーカスが来る

からからと自転車は鳴る　いくつもの橋を渡って実家に帰る

長男はどうやら長女と合うらしい　次女とも割と相性がいい

鳩たちが鳩おじさんを待っているこじんまりした公園のなか
おばあちゃん犬になっても偉いね。とクーのほっぺをぐにぐに撫でる

灯台にのぼって割とあっけなく思って一枚だけ写真撮る

あったかいうどんを食べて一日が僕を起点に終わりはじめる

何もないとこでつまずく　ふりむいて笑うとみんなが笑ってくれる

未来には期待したいし、川沿いの道を好んでバイトに向かう

Ⅵ

軽やかな頬

プロレスを見に行くという約束のみずみずしさに自転車を漕ぐ

イヤホンをケースにしまう「Baby cruising Love」のサビの途中で

吹きこぼれに気をつけながら火を少し強める　蕎麦は踊らせるもの

彼女から送られてくるリンクから飛んで三分お笑いを観る

釣り針も浮きも錘も様々に吊り下げられて春の釣具屋

この市にも当然市議なる人がいて議席をめぐって争っている
僕は僕のガパオライスを食べながら考えている結婚のこと

土地勘のようにしれっと身に付けて今更、恋とかよく分からない

膝元に駆け寄ってきてぶんちゃんはヒントが欲しいと一番に言う

結婚をしても名字で呼んでいる先輩　スタバのドライブスルー

今までにいろんな男と付き合ってきただけあって軽やかな頬

いーぶん

クリスマスツリーは大きい方がいい　ときどき真っ直ぐに楽しい気持ち

妹の彼氏のような明るさが小さく灯るテントにランタン

現世だけ人間みたいな私たちソフトクリームを分け合っている

エレベーターで不意に出されるなぞなぞに納得のいく答えが出ない

ころころと転勤族をしていても私のお墓は岡山にある

ビーチボールあっという間になくなって私になくて、そういう自覚

結婚が反り立つ壁になっていて山田勝己の気持ちが分かる

ふたりとも総合職ってなんだろう、ほんとに遠くにいる感じする

リネンの布巾

地の言葉、耳に馴染んでゆくまでを植物園の長き回廊

取り過ぎたワックスみたいに持て余す四連休にお刺身を買う

ふたりして鍋の支度に取り掛かる春のピークはよく分からない

頑張っている方だよね。と思うのは自分に厳しいからだと思う

二段だけ道が段差になっていてそれを境に変わる町名

壁があれば壁に凭れているような旧友と行く酒蔵巡り

特急におにぎりを二つ持ち込んで大歩危《おおぼけ》、あっという間に過ぎる

すっぽんの子どもを一瞬見たような気がして欄干に停める自転車

新幹線乗り場で抱き合う人がいて　私はコブクロを聴いていた

歴代の彼女をみんなで振り返る　雨が止むまで内湯に浸かる

父親を早くに亡くしている事も思えば君に話さなかった

翡翠がいますと表記のある川にぽつんと掛かっている沈下橋
弱いふりばかりにひとは慣れてゆく海の近くで暮らしていても

来年も今の会社で働いていたらレンジを新しくする

消防の訓練を遠く眺めてる　リネンの布巾は何にでも使う

晴れている訳じゃないけど暖かい　行き先を決めて自転車を漕ぐ

細長い窓

「結婚は子供が欲しくてするの？」って母からパピコを投げ渡される

寝転んで目線が揃う　寝転んだまま手を繋ぐのは難しい

恋人とふたり卵を溶いている夏の日の暮れ　細長い窓

大声を出すとき僕は下を向く　思いがそのままの形で伝わる

唇を重ねて笑うこともある　段々畑が広がっている

犬と寝る　犬も寝言を言うということは犬にもある明晰夢

図書館が積み木のように明るくてバリアフリーのゆるい坂道

松ぼっくり集めに精を出しているお揃いのTシャツの姉弟

ほとんどの望みは叶わなかったけど近所にドラッグストアができる

絵葉書を両手に取って日に翳す　ゆっくりでいいよと急かされている

この橋は観光都市へと伸びていて足取りはそれほど重くない

砂浜を深く掘れずに泣いている子供に父親が駆けてゆく

カワウソの握手会へと急かされて水族館《アクアリウム》は朧げになる

思ってるままに進んで大丈夫　音楽を夏のメドレーにする

それっぽいポーズを取って、と手を振っている　君のほうが絵になっている

七月が少し余っているように長くてかき氷を食べに行く

海へと

たい焼きをささっと買ってとりあえず海を目指してみることになる

私には歌しかないとは思えない鳥取砂丘コナン空港

結婚をやっぱり羨ましく思う　天狗のお面が飾られている

中古車の並ぶ国道　一般に秋は夕暮れ、そう考える

あの雲は何雲だっけ、なんかでも季節がぐっと進んだ感じ

私の思う愛がみんなとおんなじで、じゃないと愛って成立しない

時折、風が強く吹いてて

川岸に下りられる道　一歩ずつ、一歩が大きくなる下り坂

海はいい　途切れ途切れの会話でも　時折、風が強く吹いてて
いつか子供に憧れを持つ　そのことが君と別れる要因になりうる

視力検査に出てくるような風景にひらけて海へ続くこの道

行きしなと帰りしなでは見えているものも私も全然違う

何本かあなたと映画を借りてきてそれぞれにある優先順位

人生はでも楽しくて本当はピアノもタトゥーもほうとうも好き

濡れている春のベランダ　遠くから見ているだけで楽しいと言う

あなたとは恋じゃないから続いてく気がする　テレビを見てて思った

あとがき

あとがきにどんなことを書こうか、悩めば悩むほど、自分の良くないところが出ているような気がしてしまう。なるべく格好付けずに素直に自分の気持ちをまとめたい。

父さんや、じいちゃんへの感謝の気持ち、家族や幼馴染み、恋人、大学の友人、中学、高校の恩師の先生方、また短歌を通じて知り合った多くの方々、「塔」短歌会の皆様、岡山大学短歌会、ura のメンバー、そしてこの歌集を出版するにあたってご尽力いただいた多くの方々、それぞれへの思いを語り出すと、とてもあとがきには収まりそうにないので、後日、改めて直接お伝えできればと思う。

今、言えることは、自分の人生は本当に人に恵まれている。ということ。

本当に魅力的な人たちに囲まれて、ここまで生きてくることができた。

自分の作品には、他の人の作品と比べて、大したメッセージ性のようなものはないかもしれない。けれど、この作品にかけた思いが、少しでもみんなに届いて、その人の人生の一助になればと心から思う。

これからの人生について、個々の目標、生き方は違えども、みんなと一緒に延長戦を戦い抜いていきたいと思う。延長戦のその先に待っているビールは格別だと思う。きっと楽しい時間になる。これからもみんなと生きていきたい。

塔21世紀叢書第434篇

歌集　延長戦　発行日　2023年7月23日　第一刷発行

著者　長谷川麟　発行人　真野少　発行所　現代短歌社

〒604-8212　京都市中京区六角町357-4三本木書院内　電話075-256-8872

装訂　かじたにデザイン　印刷　亜細亜印刷　定価　2200円（税込）

ISBN978-4-86534-426-4 C0092 ￥2000E